2023년 여름—
김희선

삼척, 불멸

삼척, 불멸

김희선

위즈덤하우스

터미널에 도착했을 때 평소와는 다른 분위기를 느꼈다. 이상한 불안과 술렁임이 대합실 전체에 감돌았다고 할까. 나는 웅성대는 사람들 속을 지나 승차권을 파는 창구로 갔다. 모바일 앱으로 미리 끊어뒀어야 한다는 것쯤은 안다. 그러나 삼척으로 가는 표를 예매하려고 할 때마다 낡은 휴대폰이 말썽을 일으켰다. 몇 번의 난관을 뚫고 겨우 결제에 성공하려는 순간 갑자기 앱이 다운되고 말았다. 본래 있던 앱을 삭제하고 구글플레이에 들어갔지만, 다시 설치하는 것마저 실패했다. 물론 놀라거나 화가 나지는 않았다. 이렇게 될 것을 이미 알고 있었으니까. 만약 모바일 앱으로 표를 사는 일이 일사천리로 이루어졌다면 도리어 실망했을지도 모른다. 창구 앞에서 표를 끊으려고 기다리는데, 젊은 남자와 여자가 뒤에 와 섰다. 약간은 흥분한 듯 속삭이는 그들의 대화에서 얼핏 '바다'라는 단어를 들은 듯도 했다. 문득 확인하고 싶다는 생각이 들었다.

"두 분, 혹시 여행 가세요?"

낯선 사람이 말을 붙여서인지 여자 쪽은 당황한 기색이 역력했다. 아무 말도 하지 않는 여자 대신 남자가 말했다.

"네…… 강릉으로 놀러 가는 길이에요."

그러면서 그는 여자 쪽으로 돌아섰다.

더는 말을 걸지 말라는 무언의 제스처였다.
그럼에도 나는 다시 한번 물었다.

"혹시 삼척이라고 아세요?"

순간 남자가 멈칫하는 게 보였다. 하지만
그는 곧 아무렇지도 않은 듯 태연하게
대답했다.

"그럼요, 바닷가에 있잖아요. 동해안에."

그러고는 옆에 있던 여자를 돌아봤다.

"우리가 가는 강릉이랑도 가깝잖아,
맞지?"

그러나 여자는 대답 없이 남자를 슬쩍
잡아끌었다. 못 이기는 척 돌아서는 남자에게
내가 외쳤다.

"삼척에 가본 적 있어요?"

하지만 그들은 대꾸하지 않았다. 혹은
뭔가 말했는데 듣지 못했던 걸지도 모르지만
말이다. 그때 창구에서 직원이 불렀다.

"다음 분! 이쪽으로 오세요."

나는 삼척으로 가는 무정차 승차권을 달라고 했다. 문득 유리 창구 안 직원의 얼굴빛이 살짝 변하는 듯 느껴졌다. 아무리 객관적으로 보려 해도 그런 기분이 드는 걸 어쩔 수 없었다. 그는 잠시 자기 앞에 있는 모니터를 들여다보더니, 무정차는 표가 다 팔렸다고 했다. 실망하는 내 얼굴을 보고, 직원은 다시 모니터로 고개를 돌렸다.

"터미널마다 서는 버스가 있긴 해요. 그거라도 드릴까요?"

승차권을 받아 주머니에 넣고 대합실 의자에 앉았다. 출발까지는 아직 30분이나 남아 있었다. 가방에서 열쇠를 꺼냈다. 아버지가 내게 남긴 마지막 유산이라고 하고 싶지만, 그런 거창한 표현을 쓰기엔 어딘지 모르게 어울리지 않는, 흔해빠진 열쇠였다.

아버지는 죽기 몇 시간 전 병원 침상에서 처음으로 열쇠 이야기를 했다. 그는, 전날 밤부터 곁을 지키고 있던 내게 가까이 오라고 손짓했다. 의자를 당겨 앉자, 내 손을 잡더니(사실 우리는 그 전까진 거의 대화다운 대화를 나눈 적이 없는 사이였고, 따라서 당연히 손 같은 건 잡아본 적도 없었기에, 그 순간 나도 모르게 아버지의 거칠고 메마른 나무토막 같은 손가락에서 내 손을 잡아 뺐다. 그러나 아버지는 어디서 그런 힘이 났는지 나의 손을 꽉 움켜쥐고 절대로 놓아주지 않았다) 낮게 속삭였다.

"이제 너에게 우주의 비밀을 알려줄 때가 됐구나."

난 속으로 한숨을 내쉬었다. 무슨 이야기를 할지 대충 짐작이 갔기 때문이다. 그래도 최대한 진지한 표정으로 아버지에게 물었다.

"우주의 비밀이라고요? 흠……."

아버지는 평생 여행이라곤 해보지 않은
분이었다. 그는 사진관 암실에 틀어박힌
채 필름을 현상하며 하루를 보냈고, 내가
알기로는 매일 똑같은 점심(일터 부근에
있는 조그만 식당에서 파는 '오늘의 백반'이라는
메뉴였다)을 먹었으며, 가게로 돌아와
종이컵에 인스턴트커피를 타 마신 후엔 또
암실에 들어가는, 그런 무미건조한 나날을
무려 40년이 넘게 살아냈다. 아버지의 유일한
취미는 비디오 시청이었는데, 그중에서도
특히 SF 영화를 즐겨 봤다.

'가엾은 아버지.'

사진관에서 퇴근한 아버지가 서둘러
저녁을 먹고 작은 브라운관에 온통 시선을
집중하며, 우주와 은하를 넘나드는 외계인
무리 따위로 점철된 B급 공상과학영화를 보던

광경이 선명하게 떠올랐다. 아마도 죽음을 앞둔 아버지의 머릿속은 일대 혼란 상태일 테고, 따라서 그는 매일 보던 영화와 자신의 실제 삶을 구분하지 못하는 지경에 이른 듯싶었다. 우주의 비밀이라니. 나는 아버지 앞에서 마지막으로 착한 자식을 연기하기로 작정했다. 그래서 그의 손을 꼭 잡고 최대한 애틋하게 말했다.

"혹시 삼척에 관한 건가요?"

그러자 아버지는 내 손을 더욱 힘껏 부여잡으며 뭐라고 중얼대기 시작했다. 그러나 그는 이미 기운이 없었고 그 직전에 진통제 주사를 맞았기에 무슨 말을 하는지 알아듣는 건 거의 불가능했다. 역시나 이번에도 '삼척'이라는 단어를 들은 것 같았지만, 굳이 되물어서 확인하고 싶지는 않았다. 아버지의 침상 건너편으로 27인치

티브이가 한 대 있었는데, 거기 나오는 뉴스를
보며 나는 건성으로 고개를 끄덕였다.

"……지금 내가 누워 있는 매트리스
밑을 들춰봐. (텔레비전의 소음 때문에 중간엔
아버지의 말을 놓치고 말았다.) 그걸로 그 문을
열면 돼."

이렇게 말하던 순간에도, 난 티브이
화면에 시선을 고정한 채 대충 알겠다고
했는데, 그때 아버지가 갑자기 몸을 벌떡
일으키더니 소리쳤다.

"지금 당장 들춰보라고!"

아버지의 목소리가 얼마나 컸던지,
6인실을 나눠 쓰던 환자들—다들 노인이었고
아버지처럼 살날이 얼마 남지 않은
이들이었는데—모두가 깜짝 놀라 이쪽을
돌아봤다. 나는 얼른 대답했다.

"알겠어요, 아버지. 진정하세요. 지금 바로

살펴볼 테니까요."

그러면서 내가 매트리스 밑으로 손을
넣는 시늉을 했을 때에야, 아버지는 길게 한
번 숨을 내쉬더니 털썩 쓰러지듯 눈을 감았다.

하지만 나는 결국 아버지와의 약속을
지키지 못했다. 당장 침대 밑에서 뭔가를
꺼내겠다는 약속 말이다. 그렇게 숨을 내쉬며
누운 아버지는 얼마 뒤 영원히 잠들었고,
그로부터 며칠 동안은 장례를 치르느라
정신없었기 때문이다. 화장터에서 돌아온
후에야 문득 아버지의 마지막 말이 떠올랐다.

"그걸…… 매트리스 밑에서 당장
꺼내다오."

동생도 알까 싶어 물어보려 했지만,
완전히 지친 재도는 마루에서 이불도 깔지
않고 잠들어 있었다. 아침이 됐을 때 그에게
아버지의 유언 이야기를 꺼냈다.

"너도 들었어? 매트리스 아래 뭔가 있다는 애기 말이야."

재도는 고개를 저었다. 아침도 거르고 나가던 동생이 배달 오토바이에 시동을 걸며 말했다.

"알잖아, 아버지가 어떤 상태였는지. 그냥 잊어버려. 찾아봤자 아무것도 없을 거야."

한동안은 나도 다 잊으려 노력했다. 재도의 말마따나, 아버지가 제정신인 상태로 그런 말을 한 건 아닐 테니. 그러나 잊으려고 하면 할수록 나를 꽉 잡고 있던 비쩍 마른 손가락의 감촉은 더욱 생생해졌다. 급기야는 툭하면 악몽을 꿨고—꿈속에서 아버지의 손가락은 고목의 죽어가는 뿌리가 되어 숨통을 조여왔고, 나는 언제나 비명을 지르며 깨어났는데, 그럴 때마다 이마엔 땀방울이 흘러내리고 있었다—나중엔 그가 나에게

"침대 밑에서 그걸 꺼내라"라고 속삭인
게 진짜였는지, 아니면 그저 혼자만의
환청이었는지조차 헷갈리기에 이르렀다.
그러면서도 아버지 손가락의 무섭도록 메마른
감촉만은 점점 더 선명해졌고, 마침내 어느
스산한 저녁, 나는 요양 병원 문을 밀고 텅 빈
로비에 들어섰다.

　　좁은 복도를 지나 병실 앞에 다다라서는,
심호흡을 한 뒤 조용히 문손잡이를 돌렸다.
하지만 입원실 문을 연 순간, 나는 그
안을 가득 채운 기이한 정적에 한 발 뒤로
물러섰다. 처음엔 노인들이 모두 잠들어
있으려니 상상했다. 그러나 어둠에 눈이
익어가는 동안에도 사람의 숨소리(노인들은
대부분 폐가 나빴기에, 항상 귀에 거슬리는 거친
소리를 냈다) 같은 건 전혀 들리지 않았다.
컴컴한 병실에 충분히 적응한 다음에야,

나는 그곳을 감도는 괴상한 침묵의 정체를
알아냈다.

그러니까 그 며칠 사이에, 노인들은
차례로 숨을 거둔 것이다.

"그건 흔한 일이에요."

스테이션에 앉아 있던 병실 담당
간호사가 모니터에서 눈도 떼지 않고 말했다.

"나이가 아주 많은 이들에겐 다른
사람의 죽음이 더 빠르게 전염되니까요.
믿지 않을지도 모르지만, 죽음은 그 자체로
전염성이 있거든요. 이런 데서 오래 일하다
보면 누구나 다 알게 되는 사실이지요."

나는 말없이 고개를 끄덕였다. 그러고는
다시 6인실로 돌아와 아버지가 누워 있던
침상의 매트리스 밑을 뒤졌다. 최대한 손을
쭉 펴서 낡고 눅눅한 매트리스 아래를 훑자,
그동안 쌓여온 머리칼과 먼지가 한 움큼 쓸려

나왔다. 회백색의 머리칼은 아버지의 것일까. 잠시 쥐고 있다가 그냥 바닥에 버렸다. 좀 더 손을 깊이 넣어봤지만 먼지만 한 무더기 더 나왔을 뿐, 그 밖의 다른 건 없었다.

"하긴, 그런 말을 믿은 게 잘못이지."

나는 일부러 큰 소리로 중얼거리며 입원실 문을 닫고 나왔다. 죽음도 전염된다는 간호사의 말이 이상하게 마음에 걸렸고, 그래서 빨리 그곳을 떠나고 싶었다. 뭔가에 쫓기듯 빠른 걸음으로 복도를 지나 전등이 켜진 엘리베이터 앞에 당도했을 땐 안도의 한숨이 나왔다. 관자놀이를 양손으로 누르며 엘리베이터를 기다리는데, 누군가 어깨에 손을 얹었다.

"혹시 아버지가 김기홍 씨 맞나?"

뒤를 돌아보니, 푸른색 옷을 입은 남자가 긴 대걸레를 든 채 서 있었다. 역광 때문에 잘 보이진 않았지만, 아버지만큼이나 나이가 많은 게 확실했다. 구부정한 등, 탁한 목소리, 푸석한 머리칼.

나는 씁쓸한 미소를 지었다.

"아뇨, 그런 이름은 처음 들어보는데요."

그러자 늙은 잡역부는 코앞에 얼굴을 들이밀었다. 그는 나를 자세히 들여다보더니 빙긋 웃었다.

"무슨 소리. 난 정확히 기억하는데. 가끔 토요일 저녁에 아버지에게 복숭아 통조림을 사 왔잖아. 맞지?"

어쩔 수 없이 고개를 끄덕였다.

"실은…… 지금 아버지가 마지막으로 누워 계시던 병실에 다녀오는 길인데, 그래서 기분이 많이 가라앉아 있었던 듯합니다. 네, 김기홍 씨가 우리 아버지예요."

그러면서 손목시계를 보는 척했지만,

하필 그날따라 시계를 차지 않은 채 나왔다. 휴대폰이라도 꺼내 봐야겠다 싶어 주머니를 뒤지는데, 그가 재빨리 말을 이었다.

"잠깐 얘기 좀 하면 어떨까? 자네 아버지에 대해서 말이야."

푸른 옷을 입은 남자는 내 대답도 듣지 않고 이야기를 시작했다.

"아버지는 나한테 의지를 많이 했어. 그러니까 그는, 김기홍 씨 말일세, 죽을 때까지 담배를 끊지 못했거든. 자네도 알겠지만, 아버지에겐 흡연이 금지돼 있었고—왜냐하면 폐가 망가질 대로 망가져 있었으니까—그래서 그는 매일 한숨을 쉬며 죽기 전 딱 한 대만 피우고 싶다고 웅얼댔던 거야. 난 그에게 깊은 연민을 느꼈네. 곧 죽을 게 확실한 사람에게 금연이란 처사는 너무 가혹한 것 아닌가, 생각했거든. 의사들은 자기네가 신이라도 되는 양 굴며 가엾은 노인의 생명을 며칠 더 연장하겠다고 날뛰지만, 어차피 살고 죽는 건 다 하늘에 달린 거잖아. 여하튼 그래서 난 담배 한 갑을 사다가 김기홍 씨에게 몰래 건네줬어. 그는 눈물을 흘리며 고마워하더군. 그 일을 계기로 우린 친해졌지."

그런 얘기들을 하며, 그 낯선 잡역부는 마치 우리가 오래전부터 친한 사이였던 듯 내 손을 덥석 잡았다. 나는 조심스럽게 손을 빼며 미소를 지어 보였다. 어찌 됐건 간에 죽은 아버지의 마지막 소원을 들어준 사람이니, 일부러 차갑게 응대할 이유는 없었다.

"고맙습니다. 그런 사연이 있었군요. 덕분에 아버지가 마지막 담배를 맛있게 태웠다니, 정말 다행이란 생각이 듭니다."

그때 그가 주위를 둘러보더니 나지막하게

속삭였다.

"사실, 자네 아버지는 나한테 중요한 뭔가를 맡겼어. 바로 이거라네."

그러면서 늙은 잡역부는 내 손에 뭔가를 쥐여주었다.

"이게 뭐죠?"

"김기홍 씨는 눈을 감기 얼마 전 내게 말했지. 자식에게 꼭 주고 싶은 게 있는데, 정작 그 애는 아무 관심도 없고 자기 말도 믿지 않는다고. 그러나 언젠가는 여길 다시 찾아올 테니, 그때 이걸 전해달라고……그렇게 간절히 부탁하더란 말일세. 김기홍 씨는 그게 침상 매트리스 밑에 있으며, 만약 자신이 죽기 전 자네가 와서 가져가지 않으면 내가 대신 찾아서 보관해달라고 했어. 난 그러겠다고 굳게 약속했지. 그제야 김기홍 씨는 안심한 눈빛으로 돌아누워 잠들더군.

그가 죽고 시신을 옮긴 뒤에, 난 청소를
하러 병실에 들어가 매트리스 밑을 뒤졌네.
그랬더니 거기 이 열쇠가 있지 뭔가."

나는 그의 손에서 받아 든 열쇠를
오래도록 바라봤다. 그것은 황금빛 구리로
만들어진 데다 적당히 빛이 바래 있고
손잡이엔 가문의 문장 같은 게 아로새겨진,
그런 고풍스러운 열쇠가 아니었다. 늙은 병원
잡역부가 아버지의 유산이라며 건네준 열쇠는
작고 녹슨 데다 모양마저 평범한 것이었다.

"이게 도대체 뭘 여는 열쇠라고
하시던가요?"

하지만 남자는 벽에 기대뒀던 대걸레를
오른손에 잡으며 고개를 저었다.

"글쎄, 거기까진 나도 몰라. 말해주지
않았으니까. 다만 김기홍 씨는 그 문이 멀지
않은 곳에 있다고 했어. 무슨 우주의 비밀,

어쩌고 했던 것도 기억나고. 하여간, 이제 열쇠를 전했으니 난 약속을 지켰네. 그러니 우린 이쯤에서 헤어지는 게 좋겠군. 안 그런가?"

난 그의 말을 한 귀로 흘려들으며 열쇠를 이리저리 돌려봤다. 그러다가 문득 이런 말이 들려온 것 같아 고개를 들었지만, 이미 옆엔 아무도 없었다. *삼척에 대해서 말이야, 김기홍 씨는 계속 그 얘길 했어. 삼척. 그러고 보니 나도 아직 가본 적이 없는 것 같군. 자넨 가봤나?*

잠시 두리번대다가 병실 쪽으로 다시 가보았다. 복도 저 끝에서 대걸레를 든 사람의 형상이 스윽 사라지는 듯싶었다. 하지만 그림자를 따라 달려가니 그곳은 막다른 벽이었고 푸른 유니폼을 입은 청소부는 보이지 않았다. 나는 열쇠가 주머니에 잘

있는지 확인한 다음 엘리베이터를 타고
1층으로 내려왔다. 이제는 정말 삼척에 가야
하는 건가. 그런데 과연 그곳에 갈 수는 있는
걸까. 계속해서 생각했지만 도무지 답을 알 수
없었다.

❖

아버지는 삼척이 존재하지 않는다는
것을 입증하는 데 생의 마지막 1년을 바쳤다.
하긴, '바쳤다'란 표현은 어울리지 않을지도.
그는 말기 뇌종양이 발견될 때까지 암실에
틀어박혀 지냈고, 뭔지도 모를 사진을
현상했다. 아무도 필름 카메라를 쓰지 않았고
사진을 찾으러 오는 이도 없었지만, 아버지는
약품 냄새로 가득한 그 어두운 동굴을 떠나지
않았다. 따라서, 삼척이 실재하지 않으며

그곳이 상상 속 장소에 불과하다는 걸
증명하기 위해 특별히 뭔가를 한 건 아니었다.
삼단논법으로 가설을 세우고 논거를
제시하지도 않았고 방정식이나 갖가지 수식을
써서 도시가 없음을 보여주지도 않았다.
아버지가 삼척의 부재를 증명하기 위해 한
일은, 그저 그곳에 가지 않는 것뿐이었다.

"없으니까 가지 않는 거야. 가봤자 소용이
없거든. 만에 하나 그 도시에 도달한다 한들,
내가 보는 건 환영일 뿐이니까."

그는 고집스럽게 주장했고 나와 동생은
그냥 알았다고 했다. 그래도 한번은 재도가
아버지에게 짜증을 낸 적이 있었다. 마침
텔레비전에서 삼척항의 전경을 보여주는
중이었다.

"저거 봐요. 그래도 없다고 할 거예요?"

난 아버지가 눈치채지 못하게 동생을

툭 쳤다. 삼척이 없다는 것을 믿어서 그런
건 아니었다. 당연히 삼척은 있지 않은가.
중요한 것은, 아버지가 무엇을 믿든, 그게
나와는 아무 상관도 없다는 사실이었다.
삼척이 있다면? 지도에 표기되어 있듯 정말로
삼척이 존재한다면 그건 좋은 현상이다.
적어도 우리가 알고 있는—혹은 알고 있다고
믿는—것들이 진짜라는 증거니까. 책, 구글의
위성사진, 텔레비전 여행 프로그램, 뉴스, 잡지
등등. 하지만 만약 아버지의 끈질긴 주장대로
삼척이 없다면? 삼척에 관한 모든 이야기와
영상, 기록은 허구이고 우리가 보는 것이
환상에 불과하다면? 그렇다 해도 달라지는
게 뭔지 알 수 없었다. 세상은 그대로일 테고
하루는 24시간이며 지구는 365일에 한 번씩
태양을 공전할 것이다. 나는 재도에게 낮게
속삭였다.

"아버지는 그런 세상에 살도록 그냥
두자고. 그런다고 해서 당장 무슨 일이
벌어지는 것도 아니잖아."

재도는 대답 대신 자리에서 일어섰고, 쾅
소리가 나게 문을 닫고 나갔다. 그 애를 탓할
마음은 없었다. 공무원 시험을 계속 망치면서,
동생은 점차 날카롭게 변해갔다. 그런데 아직
완전히 늙지도 않은 아버지는 삼척에 대한
헛소리만 늘어놓고 있는 거다.

다음 날 저녁이었던가, 재도가 종이 한
장을 내놨다.

"이거 봤어?"

그건 아버지의 주민등록초본이었다.

"제출할 서류 때문에 뗐는데, 여기 이런 게
적혀 있지 뭐야."

손가락으로 짚은 맨 윗줄에 아버지의
출생지가 기록되어 있었다. 다른 글자들은

보이지도 않았고 다만 '삼척'이라는 지명만이 눈에 들어왔다. 구글 맵에서 거기 적힌 장소를 찾아봤다. 아버지는 사람이 살지 않는 곳에서 태어난 것일까. 기록된 주소지는 바다 앞 모래사장 한가운데였다.

그날 밤, 아버지가 작은 상에 저녁밥을 차려놓고 혼자 먹으며 티브이를 볼 때 그 옆에 앉았다. 딱히 대화를 나누고 싶진 않았다. 그러나 초본에 적힌 주소에 대해서만은 묻고 싶었다.

"삼척은…… 진짜 없을까요? 정말로 그렇다고 믿는 거예요?"

그러나 아버지는 아무 대답도 하지 않았다. 못 들은 척 밥을 씹으며 별로 재미도 없어 보이는 일일 연속극에 빠져 있었다.

"아버지, 그때 한번 얘기하지 않았어요? 그 보육원, 이름이 뭐였죠? 어릴 때 있었다던."

그래도 아버지는 끝까지 티브이만 보았다.
나 역시 물으면서도 대답을 들으리라는 기대
따위 하지 않았다. 아버지는 열두 살 때까지
지냈다던 보육원에 대해 얘기한 적이 단 한
번도 없으니까.

"삼척은 실제로는 존재하지 않아. 난
어젯밤 마침내 그걸 알아냈다."
처음 아버지가 이렇게 선언했을 때 우린
대수롭지 않게 여겼다. 그래서 별다른 대답도
하지 않고 그냥 휴대폰만 보고 있었다. 왜
하필 삼척이냐고 물어볼 법도 했지만, 그땐
그럴 생각도 들지 않았다. 사실 삼척 말고도
아버지가 가보지 못한 도시들은 즐비했다.
동해, 주문진, 강릉, 고성, 울진, 목포, 군산,
부산. 또 어디가 있더라? 그런데도 그는
굳이 삼척을 콕 집어 얘기했고, 그 모든 게

환영이라 주장했다. 그 많은 사람들, 거리, 건물, 바닷가, 항구, 갈매기, 수평선, 멀리 떠가는 배. 이게 다 거짓이라는 거였다.

"들어봐라, 내가 어떻게 그걸 알게 됐는지. 참, 그 전에 이거 먼저 보여주마. 너 설치미술이 뭔지 알지? 사실 나도 내 눈으로 보기 전까진 이렇게 신기한 일이 일어날 수 있다는 걸 상상도 못 했지 뭐냐."

아버지는 자초지종을 늘어놓기 시작했다. 그는 잠깐 기다리라고 하더니 텔레비전 아래 있던 구형 비디오플레이어에 테이프를 집어넣었다.

"며칠 전 티브이를 보는데 이런 게 나왔어. 하도 신기해서 녹화해뒀고, 그 후로 계속 찾아봤지. 자, 봐라."

플레이 버튼을 누르자, 화면 가득 바닷가 풍경이 펼쳐졌다. 얼핏 봐선 동해안의 어느

인적 없는 해변 같았지만, 황량한 모래사장과 회색 바다, 수평선과 경계를 알 수 없는 가라앉은 하늘은 어딘지 모르게 이국적으로 보였다. 흑백은 아니었지만 빛바랜 단색조로 끝없이 이어지는 풍광은 낯선 지루함을 불러일으켰다.

"여기가 어딘데요?"

하품을 겨우 참으며 묻는데, 문득 화면 구석에서 뭔가 기묘한 것이 나타났다. 그것은 화면 중앙으로 천천히 다가오며 점점 커졌다. 생전 처음 보는 거대 벌레 같기도 했고 괴물 바닷가재나 공룡의 화석처럼 보이기도 했다.

"저런 게 설치미술이라는구나. 어떤 영국 물리학자가 바닷가에 살아 움직이는 동물 조각을 만들었다는데, 어떠냐. 신기하지?"

뭐라고 반박하려다가 문득 입을 다물었다.

화면을 가득 채운 뼈대만 남은 동물, 그 아래
한 남자가 서 있는 게 보였기 때문이다. 검은
코트를 입고 주머니에 손을 찌른 채 자신의
피조물을 올려다보는 남자는, 아마도 그
동물(그것을 정말로 '동물'이라 불러도 된다면
말이다)을 만든 사람인 것 같았다. 남자 덕분에
피조물의 크기가 어느 정도인지 대충 짐작이
갔다. 뼈대만 남은 모양으로 어기적어기적
해안을 따라 걷는 동물은, 적어도 사람 키의
대여섯 배가 넘어 보였다.

　　남자는 그 거대한 피조물이 해안을
지나 화면 바깥으로 서서히 사라질 때까지
기다렸다. 그러고는 카메라를 향해 미소
짓더니 이야기를 시작했다.

　　"그렇습니다. 이건 바로 관람자가
바라보는 대로 보이는 조각입니다. 처음에
이 거대한 살아 움직이는 덩어리에겐 아무

형태도 주어져 있지 않아요. 그런데 누군가가
이것을 공룡이라고 생각하는 순간, 서서히
공룡의 모습으로 조립되는 거지요. 뭐랄까,
일종의 양자역학적 예술이라고 할까요. (웃음.)
아, 너무 진지하게 생각하지는 말아요. 다
농담이니까. 누가 그랬더라? 예술은 그저
농담이라면서요? 예술이 그토록 모방하고자
애쓰는 이 세계 역시 마찬가지고 말입니다.
(인터뷰어가 그에게 조각의 작동 원리를 묻는다.
잠시 옆쪽을 바라보는 남자. 그동안 자막엔 남자의
프로필이 흐른다. 영국에서 물리학을 전공하던 중
깨달은 바가 있어 설치미술가가 되었다는 사연.)
그건 바로 이런 원리입니다. 뭐, 거의 초보적
수준의 뇌—컴퓨터 인터페이스 기술이
적용된 사례라고 할까요. 관람객은 이 해변에
들어서기 전 머리에 무선 전극을 부착합니다.
그런 다음 멀리서 뿌옇게 보이는 덩어리를

바라보죠. 물론 모든 게 가능하진 않습니다. 몇 개의 선택지 중에서 골라야 하죠. 공룡, 고래, 산, 구름, 바닷가재, 벌레. 관람객이 보기 전까진 조각은 그저 하나의 커다란 무정형에 지나지 않아요. 관찰자는 멀리서 조각을 보고 저 여섯 개의 선택지 중 하나를 상상하는 기죠. 그러면 그의 머리에 부착된 전극에서 신호가 전달되고, 확률의 덩어리는 거기에 맞춰 자가 조립 되며 형태를 갖춰갑니다. 그래요, 맹점은 당연히 있어요. 한 번에 한 사람씩만 볼 수 있다는 게 이 조각의 최대 문제죠. 하지만 그거 알아요? 어차피 우주 자체의 본질도 그렇다는 거? 왜냐하면 우주란 결국, 인간이 각자의 뇌에서 만들어낸 가상의 시공간이나 마찬가지니까요. 생각해봐요. 뇌는 우리 머릿속 이 단단한 뼈 안에 갇혀 있고, 스스로는 아무것도 감각하지 못합니다.

오직 눈으로 들어오는 빛과 귀를 때리는 소리, 코로 맡는 냄새, 손으로 만지는 촉각에 의지해 세계를 파악할 뿐이라고요. 어쨌든, 내 생각은 이래요. 만약 이 지구에 70억 명의 사람이 산다면, 우주 또한 70억 개가 존재하는 거지요. 따라서 한 번에 단 한 사람만 볼 수 있는 내 조각이야말로 우주의 진짜 모습에 가장 가까운 예술 아닐까요?"

녹화는 여기서 끝났다. 정지 버튼을 누르고 나서, 아버지는 내게 말했다.

"너는 잘 알지? 저 사람이 무슨 말을 하는지. 너도 물리학과를 나왔잖니."

난 심드렁하게 대답했다.

"그래봤자 이젠 학원에서 초등생 과학발명대회 작품 만들기나 도와주고 있잖아요."

그러나 아버지는 딴생각에 잠겨 있었다.

그는 한동안 천장을 바라보더니, 내 앞으로
바짝 다가와 앉았다.

"저 사람이 하는 말이 양자론인가 그런
거로 다 증명됐다던데, 맞지?"

난 잠시 가만히 있었다. '저런 건
양자론이 아니에요. 저 사람 얘긴 양자론적
명상, 양자론적 자기계발, 양자론적 연애
따위처럼 헛소리에 불과하다고요'라고 말하고
싶었지만, 그냥 참았다. 대신 나는 아버지에게
물었다.

"그런데 저게 삼척이랑 무슨 관련이 있는
거예요?"

하지만 아버지는 별다른 설명을 하지
않았다. 그는 비디오플레이어에서 테이프를
꺼내 케이스에 넣었다. 그러고는 서랍을 닫고
나서 나를 돌아봤다.

"삼척, 그곳 말이야. 그래, 차차 알게 될

거다. 왜 삼척이 없는지. 그런데도 우리가 왜 삼척을 기억하고 꿈꾸고 상상하는지. 하여간 지금은 현상할 게 좀 있어서 내려가봐야 하니까. 나중에 천천히 설명해주마."

그때 '사진관에 가려고요? 이젠 나가지 마세요. 아무도 오지 않잖아요'라고 말렸어야 했는지도 모른다. 그렇지만, 그런다고 해서 아버지가 사진관에 가지 않을 사람은 아니었으니까. 하긴 사진관이 멀리 떨어져 있기만 했어도 난 아버지를 설득했을 것이다. 요즘 누가 필름 사진을 현상하러 오느냐고. 이젠 다른 일을 찾든가, 아니면 집에서 그냥 쉬라고. 그러나 사진관은 집 바로 아래 1층에 있었고 아버지는 언젠가부터 아무도 오지 않는 사진관에서 의자나 테이블 같은 가구처럼 우두커니 서 있었다.

그날, 텔레비전을 보다가 잠들었던 나는

동생이 깨우는 소리에 눈을 떴다. 밤 12시가 다 되어가는데도 아버지는 아직 올라오지 않았다. 우린 몇 년 만에 처음으로 지하에 있는 암실에 내려갔고, 거기서 바닥에 쓰러져 있는 아버지를 발견했다.

병원에선 아버지의 머리, 이마 앞쪽 어딘가에 종양이 있다고 했다. 의사는 커다란 모니터를 나와 동생 쪽으로 돌려 보여줬다. 볼펜으로 사진 여기저길 짚으며 그가 말했다.

"수술도 소용없습니다. 너무 진행됐거든요. 안타깝지만 통증이나 가라앉히는 수밖에요."

우린 조용히 고개만 끄덕였다. 이상하게도 슬픈 느낌이 없었다. 아버지를 싫어하지도 않았지만 좋아하지도 않았기에 가능한 일이었다. 의사가 다시 말했다.

"그동안 전혀 눈치채지 못했어요? 머리가

아프다고 한다든가 또는 헛것이 보인다든가, 평소에 그런 얘길 하셨을 텐데요."

나는 삼척이 없다고 주장하는 것도 뇌종양의 증세에 해당하는지 묻고 싶었다. 없는 걸 보는 것이 뇌가 만든 환영이라면, 있는 게 보이지 않는 것도 마찬가지 아닌가. 그러나 결국 묻지 않고 밖으로 나왔다.

며칠간 입원했다가 퇴원한 아버지는 마치 아무 일도 없던 사람처럼 지냈다. 그는 매일 아침 사진관에 내려갔고 더 열정적으로 삼척을 이야기했다. 하지만 마침내 종말이 왔다. 아버지 나날의 종말. 그는 말기 암 통증 완화 치료를 위해 요양 병원에 들어갔고, 모르핀, 펜타닐 등등 갖가지 진통제에 취하면서 서서히 조용해졌다. 눈을 뜨고 있는지 감고 있는지 알 수 없는 아버지 옆에서, 나와 동생은 한 시간씩 앉아 있다

돌아오곤 했다.

❖

　푸른 작업복을 입은 남자에게 열쇠를
받아 온 날 밤, 내 유튜브 계정에 새로운 추천
영상이 올라왔다. 어쩌면 며칠간 '삼척'을
검색한 게 알고리즘에 영향을 줬던 걸까. 10분
남짓 되는 영상의 제목은 〈삼척, 불멸〉이었다.
나는 아무도 없는 마루에 누운 채 손가락으로
화면을 터치했다.

　처음엔 모든 게 검은색이었다. 아주 작게
파도 소리가 들리는 듯도 했다. 잠시 후 어떤
집 대문이 나타났는데, 흑백으로 굳게 닫힌
그 문을 비춘 채 계속해서 시간이 흘렀다.
이게 뭐지? 왜 이런 걸 추천한 거지? 영상을
끄려는 순간 문이 열리더니 안에서 누군가

걸어 나왔다. 검은 코트를 입은 사람인데 빛을 등지고 있어서 얼굴은 잘 보이지 않았다. 그럼에도 난 그가 낯익었다. 잠깐, 저 사람, 어디서 봤더라? 문득 그가 아버지의 비디오테이프에 녹화돼 있던 설치미술가라는 생각이 들었다. 솔직히 한참 전에 본 녹화 영상 속 설치미술가의 얼굴은 전혀 기억나지 않았지만, 무슨 이유에선지 나는 그가 바로 그 사람이라고 확신했다. 문을 열고 나온 남자는 잠시 사방을 두리번대더니, 다시 안으로 들어갔다. 카메라는 그의 등을 비추며 따라갔고 동시에 내레이션이 흘러나왔다. 이번에도 어디선가 들어본 듯한 목소리였다.

"……그가 왜 자신의 마지막 작품을 이렇게 멀리 떨어진 장소에 설치하기로 했는지는 끝까지 밝혀지지 않았습니다. 어쨌든 우리는 그를 만나서 〈삼척, 불멸〉이 어떤 취지로 어떻게 탄생했는지 알아보기로 했지요.

그러나 그를 만나는 일은 쉽지 않았습니다.

알다시피 그는 세상에서 가장 철저하게

고립된 예술가니까요. 그는 이메일 주소도,

전화번호도 가지고 있지 않습니다. 그와

연락을 취하려면 오직 편지를 보내는 길밖에

없어요. 그것도 사서함으로요. 다행히 편지를

보내고 열흘이 넘었을 때, 우리는 답장을

받았습니다. 모월 모일 모시, 그의 집 앞으로

오라는 연락이었지요. 그렇게 해서 결국 우린

그를 만났습니다. 삼척을 만든 사람. 우리에게

삼척이라는 환영을 심어준 사람. 견고하기

이루 말할 데 없는 세계에 삼척이라는 틈을

끼워 넣은 사람."

　　대문을 통해 들어간 촬영자는 작은

마당을 오랫동안 비췄다. 그리고 다시

앞쪽으로 시선을 돌려 마당을 가로지르는

검은 코트의 남자를 보여줬다. 그는 현관문을 열고 안으로 들어가 어둠 속에서 어서 오라고 손짓했다. 거실 바닥에 앉은 남자가 곧 이야기를 시작했다. 그러는 동안 카메라는 미동도 없이 그를 비추었는데, 그래선지 흑백의 프레임 안에서 남자는 그저 한 장의 증명사진처럼 보였다.

"물질로 뭔가를 만들어낸다는 것에 싫증을 느꼈습니다. 한계에 부딪혔다고나 할까요. 더 이상 나아갈 데가 없다는 절망에 빠져 있던 순간, 그 아이디어가 떠오른 겁니다. 무형의 조각. 쉽게 말하자면, 기억을 조각하는 일이라고 하는 게 좋겠군요. 기억은 형태도 없고 기원도 없어요. 어디선가 흘러들어와 머릿속에 자리를 잡고, 그렇게 되면 우린 그게 사실이라고 믿어버리는 것뿐이지요. 그걸 떠올리며, 나는 세상에 없던 거대한 규모의 프로젝트를 기획했습니다.
전에도 없었고 앞으로도 없을 어떤 도시를,
시공간을 초월하여 모두의 기억에 새겨 넣는
일입니다. 왜 하필 삼척이냐고요? 글쎄요,
그런 이름을 상상해낸 것도 어떤 미래의 기억
조각가가 만들어낸 결과물일지도 모르지요.
하여튼, 삼척, 좋잖아요. 발음해보세요. 삼척,
삼척. 그 이름이 머리에 떠오른 순간, 난
손뼉을 쳤어요. 마음에 꼭 들었으니까요. 그
도시의 모습이 실제로 어떠냐고요? 그게
뭐가 중요합니까? 삼척은 일단 기억 속에
자리 잡기만 하면 그때부턴 누구나 자신이
꿈꾸고 상상하는 대로 보고 듣고 느낄
장소일 뿐인데요. 에이가 꿈꾸고 상상하는
삼척이 있고, 비가 꿈꾸고 상상하는 삼척이
있으며, 시나 디, 이, 에프, 지, 그 각각이
저마다의 삼척을 기억하는 겁니다. 저요?

음, 내게 삼척은, 그러니까 내 머릿속에 만들어진 삼척은, 근원입니다. 아니, 오해는 하지 마십시오. 내 진짜 고향이 삼척이란 건 아니니까. 다시 한번 말하지만, 그리고 당신도 알다시피 삼척은 없어요. 아무리 찾아도 당신들은 결코 도달하지 못할 거라고요. 하여튼 내가 꿈꾸는 삼척엔 어머니가 있습니다. 어릴 때 돌아가셔서 기억도 가물가물하지만, 삼척에서 어머니는 영원히 살아 있는 거지요. 왜냐하면, 어차피 그 도시는 없으니까요. 만약 모든 살아 있는 것이 소멸과 망각을 향해 운명처럼 나아가야 한다면, 아예 존재하지 않았던 것은 사라지지도 않을 테니까요. 그렇습니다. 거기서 어머니는 어린 시절 작은 냄비에 라면을 끓여주던 그때처럼 그렇게 숨 쉬고 있습니다. 그러니 당신도 삼척에 가장

좋아하는 것을 가져다 놓으세요. 사랑하는 것,
애틋한 것, 절대로 잃고 싶지 않은 것. 그러면
그것은 불멸이 될 겁니다. 그게 누구든,
혹은 무엇이든. 강아지나 고양이, 새나 사람,
감촉이나 냄새, 광경. 모든 게 다 가능해요.”

화면은 또 바뀌었다. 이번에 그는 〈삼척,
불멸〉이라는 프로젝트가 어떻게 진행된 건지
설명하고 있었다. 기억, 두뇌, 양자. 이런
단어들이 계속해서 흘러나왔다.

“……양자의 속성이 이 작업의
포인트입니다. 시공간을 거스르거나
앞지르며 움직이는 양자들. 우주와 그
안을 가득 채운 필연적인 또는 우연적인
사건들이 그 무작위적 움직임의 결과라는 걸
몰랐다면, 이런 엄청난 프로젝트는 꿈조차
꿀 수 없었겠지요. 생각해보세요. 머나먼
과거로부터 현재, 그리고 미래에 이르기까지

영원히 누군가의 기억에 삼척을 각인시키는 행위에 대해서. 그것이 얼마나 대단한 규모로 이루어지는 일인지. 물론 알고는 있습니다. 언젠가는 누군가가 삼척이 없음을 깨닫게 되리라는 것을요. 하지만 그때까진 아무도 알지 못하겠지요, 삼척의 비밀을. 삼척만이 아니라, 우주엔 이런 식으로—존재하지 않음으로써—불멸을 획득한 장소들이 즐비하다는 사실을 말입니다."

영상은 여기서 갑자기 끝났다. 조회 수는 302회밖에 되지 않았고 댓글도 없었다. 이런 설치미술에 대해서는 들어본 적도 없었다. 화면을 닫으려는데 올린 이의 아이디가 눈에 들어왔다. KKH0729. 7월 29일은 아버지의 생일이었다. 그렇다면? KKH는 김기홍, 아버지의 이름인 건가? 나는 고개를 저었다. 그러면서도 암실에 가봐야 한다는 생각은

들었다.

주인이 떠난 사진관은 적막했고 먼지
냄새와 약품 냄새가 뒤섞여 독특한 분위기를
풍기고 있었다. 어릴 땐 사진관에 들어와서
놀기도 했다. 그러나 아버지는 말이 없었고
우리는 곧 흥미를 잃었다. 거기엔 재미있는
일이라곤 하나도 없었다. 어머니가 세상을
뜬 뒤로 우리는 더는 사진관에 대하여
이야기하지 않았다. 아버지가 혼자 그
어두컴컴한 장소에 틀어박혀 무엇을 하는지도
궁금해하지 않았다. 사실 뭘 하든 상관없었다.
이젠 그가 필름을 현상하지 않아도 적어도
생활비는 내 손으로 벌 수 있으니까.

열쇠를 든 채 한동안 서 있었다. 서랍이나
장을 열어봤지만, 잠겨 있는 건 없었다. 대체
이걸로 어디를 열라는 걸까. 지하로 내려가

암실 문을 잡아당기는 순간, 나는 열쇠의
용도를 알았다. 휴대폰 불빛으로 열쇠 구멍을
비추며 겨우 문을 열고, 암실 구석구석을
둘러봤다. 역시 여기에도 별다른 건 없었다.
문을 닫고 도로 나오려는데, 맨 위쪽
선반에 뭔가가 놓여 있는 게 보였다. 구형
비디오카메라였다.

　　의자를 끌어다 밟고 올라가
비디오카메라를 꺼냈다. 낡은 가죽 케이스에
든 비디오카메라는 사진기와 함께 아버지의
삶 그 자체였다. 비디오카메라가 귀하던
시절 그는 곳곳으로 출장 녹화를 하러
다녔다. 그러고는 밤마다 정성껏 편집을 해서
보내주는 것이었다. 하루는 그가 이렇게
말했다.

　　"과연 이 사람들, 신부와 신랑 말이다,
어떤 걸 진짜라고 기억하게 될까? 내가

만들어준 이 비디오 속 모습을 진짜라고
믿게 될까? 아니면 실제로 일어났던 결혼식
장면들을 기억하게 될까? 때론 내가 그들에게
기억을 선물하는 것 아닌가, 하는 생각이
드는구나."

　비디오카메라 안에는 테이프가 끼워져
있었다. 전원을 연결하고 재생 버튼을 누르자,
검은 화면이 떴다. 곧이어 흘러나오는
내레이션. 흑백의 대문과 증명사진 같은
프레임. 좀 전에 유튜브에서 본 영상이 그
안에 있었다.

　그런데 아버지는 이걸 어떻게 만든
걸까. 텔레비전 방송을 녹화한 걸까, 아니면
직접 편집한 것일까. 구부정한 뒷모습의
아버지가 여기저기서 녹화해둔 영상을 자르고
연결하는 광경이 떠올랐다. 검은 코트를 입은
남자, 낯선 집, 그 자신의 (약간은 변형된)

목소리. 만약 아버지가 편집해서 만들어낸
영상이라면, 그는 대체 뭘 말하고 싶었던
걸까.

유튜브에서 본 것과 똑같은 영상이 거의
끝나가고 있었다. 정지 버튼을 누르려다 말고
손을 뗐다. 한동안의 암전 후, 넓은 바다가
펼쳐졌다. 회백색 수평선 위로 어떤 문이
보인 것 같았다. 그게 일종의 잔상 효과인
걸 알았지만, 그래도 난 화면을 정지시킨 채
오래도록 들여다보았다.

"내일 삼척에 갔다 올게. 가서 확인하고
오는 수밖에 없어."

자는 동생에게 말했더니, 재도는
돌아누우며 뭐라고 중얼거렸다. 아마 정신
차리라는 말이었을 거다.

❖

　　대합실 의자에 앉아 잠깐 졸았는가
싶은데, 안내 방송이 나왔다. 삼척이란
단어가 들린 것 같아 얼른 일어섰다. 하지만
스피커에서 흘러나온 말은 그게 아니었다.
국도에서 일어난 갑작스러운 산사태로
내가 예매한 버스가 출발할 수 없게 됐다는
내용이었다. 오히려 다행이란 생각이 들었다.

　　집으로 돌아가려고 택시를 기다리는데,
주머니에서 뭔가가 달그락거렸다. 녹슨
열쇠였다. 동시에 아버지의 마른 고목 같은
손이 떠올랐다. 그 거칠거칠한 감촉.

　　한참을 고민한 끝에, 난 다시 발걸음을
돌렸다.

　　렌터카 운전석에 앉아 내비게이션을 켜고

도착지에 뭘 입력할지 망설이다가 휴대폰을 열었다. 앨범을 뒤지니 오래전 찍어둔 아버지의 주민등록초본이 있었다. 거기 적힌 해변 어딘가의 주소를 입력하고 '안내 시작' 버튼을 눌렀다.

중간엔 휴게소에서 잠시 쉬었고, 삼척 시내에 들어서서는 24시간 해장국집에서 밥을 먹었다. 입구에 있는 커피 자판기에서 커피 한 잔을 뽑아 마시고, 그 바닷가로 출발했다.

해안으로 가는 길은 구불구불했고 가로등도 차도 사람도 없었다.

어느새 안개 같은 게 밀려와 세상 전체를 희뿌옇게 뒤덮었다.

한참을 달려 지방도로에서 왼쪽으로 들어서는 좁은 길을 따라가자, 드디어 목적지에 도착했다는 안내가 나왔다. 차를

세우고 밖으로 나오니, 어둠 속에서 파도
소리만이 들려왔다. 당연한 얘기지만,
바닷가는 텅 비어 있었다. 나는 주머니에 손을
넣은 채 모래사장을 걸었다. 찬 바람을 맞으니
후회가 밀려왔다. 대체 뭣 때문에 이런 데 온
걸까. 애초부터 동생 말대로 정신을 차렸어야
했다. 삼척은 있으니까. 전에도 있었고 지금도
있고 앞으로도 있을 게 확실하니까.

열쇠 구멍이 나타난 것은 그때였다.

나는 수평선을 배경으로 홀연히 떠오른
그 작은 틈을 가만히 바라봤다. 왠지 놀랍지는
않았다. 주머니에서 열쇠를 꺼내 허공에
대고 돌리자, 반투명한 문 같은 게 양쪽으로
열렸다. 거기서 아버지가 걸어 나오는 걸
보면서도 나는 조금도 당황하지 않았다.
반갑거나 애틋한 느낌도 없었고, 그저
모든 게 예정된 수순대로 일어나고 있다는

느낌뿐이었다.

아버지는 나를 보더니 손을 흔들었다. 그는 요양 병원에 있을 때처럼 마른 뿌리 같지도 않았고 암실에 틀어박혀 있을 때처럼 창백하지도 않았다. 늙었지만 젊은 아버지가 씩 웃으며 말했다.

— 봐라, 내 말이 맞잖니. 삼척은 없어. 삼척에 대한 꿈과 기억만 있을 뿐이지. 난 그걸 증명했어. 내가 없어짐으로써 즉 나의 부재로 말이다.

난 아버지에게 대답했다.

— 도대체 무슨 말인지 모르겠어요. 여긴 삼척이라고요. 좀 전엔 시내 해장국집에서 밥도 먹었다고요.

내 말에 아버지는 또 한 번 빙긋이 웃었다. *우리가 보고 믿기 전까진 세상은 그저 가능한 것들의 덩어리일 뿐이야. 내가 녹화해서 보여준*

설치미술가도 그렇게 말했잖니. 난 사진관 암실에서 매일 생각하고 또 생각한 끝에 그 말을 완전히 이해하게 됐단다. 그건 이런 뜻이더라고. 뭐든지, 우리가 만졌다고 생각하는 순간 만진 게 되고 봤다고 생각하는 순간 보게 되고 들었다고 생각한 순간 듣는 것이며, 무엇보다도 기억했다고 생각하는 순간 기억이 생성된다는 거지. 한번 생각해보렴. 넌 정말 삼척에 왔니? 바다와 하늘의 냄새를 맡았냐고. 갈매기와 눈은 마주쳤어? 아니, 그보다도 넌 지금 진짜로 날 보고 있긴 한 거니?

아버지의 말에 뒤를 돌아봤다. 안개가 가득해서 아무것도 보이지 않았다. 문득 삼척까지 어떻게 왔는지 기억이 나지 않았다. 이마를 찌푸리며 내비게이션의 지도를 떠올렸다. 동시에 내가 왔던 길이 서서히 형상을 띠며 머릿속에 떠오르기 시작했다.

그리고 구석진 거리에서 불을 밝히고 있던 24시 해장국집. 음식점 유리문에 적힌 메뉴들을 떠올리자 그 문을 밀고 들어가는 나의 모습이 머릿속에 자리를 잡았다. 식당 의자에 앉는 나. 국밥을 주문하는 나. 물수건에 손을 닦는 나. 국물을 떠서 후후 부는 나.

그러자 아버지가 웃기 시작했다.

— 지금 네가 겪으면서도 모르겠다는 거니? 기억이 어떤 식으로 네 안에 자리 잡는지. 어떻게 존재하지 않는 것들이 존재하게 되는지.

그러는 사이에 목소리는 점점 작아졌고, 아버지는 서서히 투명해지더니 동트는 하늘 속으로 녹아들었다.

나는 아버지를 부르지 않았다. 잘 가라는 인사 같은 것도 건네지 않았다. 그냥 가만히 서서 모든 게 흐릿해진 끝에 사라지는 광경을 보고만 있었다.

쾅쾅, 누군가 두드리는 소리에 눈을 떴다. 경찰이었다. 뒤엔 순찰차가 경광등을 빛내며 서 있었다. 그는 손전등으로 안을 비춰보며 말했다.

"이런 데서 자다간 큰일 납니다."

그의 말로는, 지방도로를 순찰하는데 수상한 차가 서 있기에 와봤다는 거였다. 운전면허증을 확인한 후 돌려주며, 그가 물었다.

"어디까지 가는 길입니까? 밤도 깊었는데, 숙박할 곳이 있는 가까운 마을까지 안내해줄 수 있습니다."

삼척에 가고 있다고 대답하려다가, 마음을 바꿨다.

"서울로 돌아가려던 참이었어요. 감사합니다."

경찰관에게 인사하고 시동을 걸었다.

유턴하기 전, 신호를 기다리며 표지판에 적힌 '삼척'이라는 글자를 여러 번 올려다봤다. 이대로 쭉 간다면 그 바닷가에 도착하게 될 테지. 잠시 망설였지만, 곧 고개를 저었다. 어차피 나는 삼척에 갈 수 없다. 만에 하나 간다고 하더라도 그것은 진짜 삼척이 아니다. 왜냐하면, 진짜 삼척이란 건 원래부터 존재하지 않으니까. 누구나 상상하고 꿈꾸고 기억하는 대로의 삼척만이 있을 뿐이다.

돌아오는 길엔 휴게소에 들러 커피만 마시고 서울까지 쉬지 않고 달렸다.

집은 어둡고 적막했다. 동생은 깊이 잠들어 있었다. 나는 유튜브에서 〈삼척, 불멸〉을 찾았다. 그러나 암만 검색해도 그런 동영상은 없었다. 그새 지워진 걸까.

이번엔 책상 위에 올려뒀던 비디오카메라의 재생 버튼을 눌렀다. 잠깐 지직대는 잡음이 들리더니, 검은 암전만이 계속될 뿐이었다. 테이프가 수명을 다해서 망가진 것이다. 아니면, 정말로 기억이란 옮겨질 수 있는 것이어서, 거기 담겨 있던 모든 이야기가 내 안에 들어와 자리 잡은 건지도 모른다.

낡은 가죽 케이스에 비디오카메라를 넣으며, 혼자 중얼거렸다.

— 삼척……. 진짜 발음하긴 참 좋잖아.

그거면 됐다고, 아버지는 존재하지도 않는 삼척 바닷가 어딘가에서 고개를 끄덕이고 있을 거였다.

작가의 말

　예전에 우리 집 앞 대로를 건너면 작은
구둣방이 있었다. 사실 구둣방이라고 하면
어울리지 않는 말일지도 모른다. 그것은
1평 남짓 되어 보이는 작은 가건물이었고,
은행이나 병원, 학원 등이 즐비한 보도에
외따로 떨어진 채 덩그러니 서 있었다.

　나는 그 집에 구두 뒷굽을 수선하러 한 번
가본 적이 있다. 내부는 작고 어두컴컴했는데,
나이를 가늠할 수 없는 얼굴을 가진 노인이
등을 구부정하게 웅크린 채 신발을 수선하고

있었다. 그는 언제나 아침 일찍 나왔고, 해가
져서야 집으로 들어가는 것 같았다.

쉬는 날도 없이 일하는 듯 보였는데,
그런데도 얼굴은 검게 그을어 있었다. 대체
언제 해를 쬐는 거지? 그 구둣방 앞을 지날
때마다 궁금한 마음이 들었다.

작고 좁은 공간에서 온종일 일하는
사람들은 언제나 내 마음을 사로잡는다.
왜냐하면,
인간이 내면에 품은 우주의 크기는
언제나 실제 세상을 초월하기 때문이다.
나는 그들이 꿈꾸는 세상의 모양을 알고
싶고 어두운 공간에서 혼자만이 알아낸
세계의 비밀을 듣고 싶다.
그런 이야기를 모두 모아
두런두런 소리가 들리는 둥근 구체로

재현하고 싶다.

그건 아마도 지구를 많이 닮았지만, 그리고 겉보기엔 크기도 지구와 비슷하겠지만,

막상 걷다 보면 완전히 다른 세상임을 깨닫게 되는 그런 공간이 될 것 같다.

지금도 그 구둣방이 있는지 모르겠다. 있을 수도 있고 이미 없어졌을지도 모르지만, 이 소설을 쓸 때 그 작은 구둣방, 등이 둥글게 굽은 노인, 조그만 창으로 비쳐 들어오던 가느다란 햇빛을 내내 생각했다.

2023년 5월

김희선

wefic - 17

삼척, 불멸

초판 1쇄 인쇄 2023년 5월 26일
초판 1쇄 발행 2023년 6월 14일

지은이 김희선
펴낸이 이승현

출판2 본부장 박태근
스토리 독자 팀장 김소연
편집 강소영 곽선희 김해지 이은정 조은혜
디자인 이세호

펴낸곳 ㈜위즈덤하우스   **출판등록** 2000년 5월 23일 제13-1071호
주소 서울특별시 마포구 양화로 19 합정오피스빌딩 17층
전화 02) 2179-5600   **홈페이지** www.wisdomhouse.co.kr

ⓒ 김희선, 2023

ISBN 979-11-6812-717-3 04810
      979-11-6812-700-5 (세트)

값 13,000원